能祖将夫
あめだま
書肆山田

目次

あめだま

江の島海獣動物園[*1]一九七五冬

あの日
冬の日の曇天の
海獣動物園にぼくはいて
「海にゐるのは、
　あれは人魚ではないのです。[*2]」
ポケットの中の声と連れ立ち
そこに人魚を探していたのか
人魚などいないと
言い聞かせようとしていたのか

あの日
十七になったぼくの
居場所は家にも学校にもなく
「海にゐるのは、
　あれは人魚ではないのです。」
ポケットの中の歌と連れ立ち
そこに居場所を探していたのか
居場所などないと
言い聞かせようとしていたのか

閉園時間の家路が流れて
海からのこの寒風に
客など他にいるはずもなく
曇天色の獣らばかりが
瞳を濡らして吠えていた

——どこに帰ればいいというのか

曇天の空
曇天の空
そこに
海にはいない人魚が浮かんで
　（空は人魚らの亡霊にみち）
ハッピーバースデー
ハッピーバースデー
そこに
海にはいない人魚が歌って
　（空からは人魚らの合唱が降り）
曇天色の制服が
小雪のかかってちぢこまる

あの日
あの空の果てに今ぼくはいて
今はないその場所に
遠く
こんなにも遠く吠えたいぼくがいる

＊1　今は「新江ノ島水族館」の建つ場所に、かつてそれはあった
＊2　中原中也「北の海」、他にも中也の声を響かせて

長い夢

—そうよかあさんもながいのよ
と書いたのはご存じ、「ぞうさん」のまど・みちおで
高階杞一は
—折りたためたらいいんだけれど
と「キリンの洗濯」の中に書いた
ルナールは
—長すぎる
と書いたが、ちなみにこれは「蛇」の全文だ
こんなことを思い出したのは長い夢を見たからで
それはつまり
象の鼻とキリンの首を持つ蛇

くらいには長かったわけだ

で、何の夢だったかと言えば
これがさっぱり覚えてなくて
象の鼻に吸い込まれ（そうよかあさんもながいのよ）
キリンの喉を通過して（折りたためたらいいんだけれど）
蛇の腹の中にいる（長すぎる）
そんな感触しか思い出せない

朝は四本足、昼は二本足、夜は三本足のものは何か？
と謎を掛けたのは
顔はニンゲン、体はライオン、背には翼の怪物で
答えられない旅人は殺されたんだっけ
ぼくは殺されることなく無事帰還して目が覚めたけど

長い夢の時間と感触をかけて
解こうとした謎があった気がしてならない

あの謎は解けたんだろうか？
それとも溶かされたんだろうか？
ぼくの何かが
長い長い夢の中で

迷子の少女

幽霊は足が薄れているものだが
母は頭から薄らいでゆく。
たった今のことが覚えられなくなり
「もう分からん」
忘れてしまうことが多くなるうち
「もう少しだから辛抱して」
と泣いた。
少女のように。

洗面所でいきなり

タオルで顔を覆って泣きじゃくる背中をさすりながら
声を上げて泣く母を見るのは初めてだ
と思った。
泣く母の背中をさするのも。

母は迷子になったのだ。
暮れかかる命の路地で
頭だけが
道に迷った少女となって
―足も背中もしっかりここにあるのに
声を上げて泣いていた。

季節の航海

こんなに明るい季節の庭には
小鳥のさえずりに混じって
光の波音が聞こえてくる
まるで豪華客船クルーズのつもりで
広くもない庭にデッキチェアを持ち出して
よく冷えたビールを飲みながら
さっきからなんど欠伸が出ただろう

殺人や地震や原発や
安保や憲法やテロや戦争や

ガラス戸が開けっぱなしのリビングでは
つけっぱなしのテレビがニュースを流しっぱなしで
レースのカーテンが風にそよいでいる

幸福の花園の片隅には不幸の洞穴があって
そこにはただ幕が垂れているだけ
と書いたのはたしか一九〇八年のメーテルリンクで*
するとあそこにそよいでいるのは二〇一五年の今日のこの日の
なんの境の幕だろう?
出かけた欠伸を嚙み殺して
そうか欠伸と阿鼻叫喚の境かもしれない
と酔いも回って

そよ吹く風に戦《そよ》いでいるうち

この船はきっと流されているのだどこかへは
光の泡に酔い痴れているうち
今はまだ客のつもりでこうして

＊　メーテルリンク「青い鳥」一九〇八年初演

蜜柑

蜜柑《みかん》ってやつは味もいいが
こうして皮をむくところにも
味があるんじゃないかな
なんて思うともなく
皮をむく

と、この俺も
誰かが皮をむいたから
生まれてきたのだ
と思いつく

俺を包んでいた皮は
どこかに大事にとってあって
中身がヒカヒカに干からびた頃
きっともう一度くるまれるのだ

中身はもうヒカヒカなのに
皮は生まれたての夕陽のようで
そいつにクルリとくるまれてしまえば
海の見える段々畑で
風に吹かれたような気になって
生まれる前の夢でも見ながら
トロトロと寝入ってしまう

誰かが皮でくるんだから
もうおしまい

甘ずっぱい思いが広がって
蜜柑ってやつはなかなかに
味わい深いもんだな
なんて思うともなく
またひとつ
皮をむく

スイングスイング

訪ねた実家の
冬枯れた小さな庭を眺めるうち
夕陽の魔法か？
二重写しの
写真のように浮かび上がったのは
盛んだった季節

青々とした芝生で
ゴルフのスイングをしているのは父だ
尻尾を激しくスイングさせて
散歩をねだっているのはもちろん愛犬

亡《ほろ》んでいった者らの
スイングスイング

夕陽が陰り
重なりの魔法が解けると…
冬の風に
かろうじて残った葉が
スイングスイング

台所では
夕食の支度をしている母の
かろうじて残った記憶の葉が
スイングスイング
今日半日で

同じ事を何度言ったか

常緑の
丸みのある樹の天辺に
スズメが十羽ほども顔を出し
(メジロも一羽)
かわいさに母を呼んで一緒に眺めながら
樹の名を問うと
「ああ、あれ…
ほら、小さな黄色い花が咲いて
秋に
蜜柑の香りがする
き、き、き…」

チ、チ、チ…

き、き、き…

チ、チ、チ…

出てこない、もぉ次々忘れてくのよ

チ、チ、チ…

きんもくせい！　思い出せた！

母も
スズメも
（母のようなメジロも）
よろこびのシングシング

残照

夕陽を剥いていると
母が声をかけてきた
　いこかね
まだ行きたくはなかったけど
仕方がない
剥いた夕陽をふたつに割って
ひとつを口に放り込んだ

食道を通って
からだの山々が照らされてゆく

鳥まで鳴き始めた
残りの半分は潰さないように
そっと母の袂に入れた
袂の海も照らされて
静かに波打っている

母と連れだって一本道を行く
山も
海も
まだ暮れ泥んでいるというのに
振り返れば月が
子犬のように着いてきていた
甘えるような足取りだ

どこに向かっているのか
知らないふりをしていたが
うすうすは分かっている
花畑がある
洞穴がある
煙突がある
汽笛が聞こえるかも知れない
そんな場所だ

着いたら母とはお別れ
母はきっと何も言わない
息をひとつ吐くだろう
私は
息を呑むか

ふたりの足跡から
まだ夕陽が薄く匂っている

季節のたより

葉が一枚、目の前を落ちていった

一枚の葉が枝を離れて地に着くまで
人の一生とはそのようなものだと
父が死んだとき紙の葉っぱを撒きながら
散華《さんげ》をしてくれた坊さんが言ってたな

にしても葉が一枚、すぐ目の前を
まるで見てくれとでも言いたげに

それで父のことを思い出したなら
見てほしかったのは父かもしれない

元気か？
こっちに来て七度目の秋だ
お前もいろいろ大変だな
ま、それが生きるってことだ
体にだけは気をつけろ

とかなんとか
生きてたときにはあまり話もしなかったけど
（話らしい話なんてホント…）

ひらひらと落ちた言の葉の筆跡を辿って
もうしばらく
ここに佇んでいようか

＊　これを書いたのは二〇一五年一〇月で、この時は全く気がつかなかったのだが、本来なら五月の命日までにやらなくてはならなかった七回忌をすっかり忘れていたのだった。父はそれを言いたかったのか？

薫風

食べることの好きな人がいて
なんでも美味しくよく食べた
なかでもステーキが大好きで
血のしたたるレア肉に
ニンニクソースをたっぷりかけて
コイツハステーキ
とよく食べた

年老い患い嚥下《えんげ》の力が衰えて
なにも食べられなくなってしまった

ハラヘッタ
が口癖になり
その言いぶりがかわいいと
入院先の看護師さんには人気だったが
みるみるうちに痩せていった

これ以上は危険だからと
胃《い》瘻《ろう》の手術を勧められた
胃に穴を開け
管を通して水と栄養を流し込む
一度は頷いたその人は
手術の前日に意を翻した
イヤダ
いくら説得しても掠れた声で
イヤダ

の一言

それからわずか一週間で
その人は逝ってしまった
骨と皮だけになって
餓死だったのではなかったろうか

父はなぜ拒絶したのか
様々な選択をしてきた人生の
その最後の選択が
なぜ胃瘻拒否だったのか
人ハ食ベテ生キテ行クノダ
食ベラレナクナレバ、ハイソレマデヨ
今思えば

健啖の父の最後の晩餐
壮絶な
誇りの晩餐ではなかったか

父の逝った翌朝は
五月の青空が広がっていた
思う存分食べていたのだ
弱った器官と機能から解き放たれて
強い薫風となって飛び回り
光したたるレアの五月に
若葉の薫りをたっぷりかけて
コイツハステーキ
私の頭をクシャクシャにして
眩しく笑う父がいた

嚥下拒否

深夜
便意を覚えた父は何度もコールボタンを押したというのに
いつまで経っても誰も来ず
押し続ける父のもとにようやく来たのは
小一時間も経ってのこと

オソイナア
回らぬ舌で抗議すると
あと五十万払えばすぐに来てやる
汚物にまみれた父を見下し

その青年はつぶやいたとか

お父さんがそう言うんだけどね
でも最近ボケてきたから、本当のところは分からないんだけどね
電話の向こうの母は弱々しい

脳梗塞で倒れた後
父は家からデイケアに通っていたが
そこで骨折して病院へ送られ
ひと月ほどで退院の日を迎えたはいいが
寝たきりになった体で家に戻せば母が倒れてしまうと
三ヶ月限定の介護老人保健施設《ろうけん》へ
(今後のことは追って考えよう)
そこでの出来事というわけだった

数日後
嚥下《えんげ》能力の衰えのため
誤《ご》嚥《えん》が原因で肺炎になった父は
老健からまたもや病院に逆送
それもようやく治りかけたころ
モドリタクナイ
アソコヘダケハ
モドリタクナイ
回らぬ舌の父の訴え

煮え湯苦虫忍耐と
飲めないものを飲み込んできた父の喉が
ノミコメナイ

アノイイグサダケハ
ノミコメナイ
嚥下を拒否してむせかえる

あめだま

魂、と思った

旅先で早朝
川沿いを歩いていたときのこと
まだ遠いとは言え
台風が近づいていて
雨が降っていた
雨音、川音
虫の音も聞こえる

魂が天に昇ると
巨大な
台風型の
遠心分離機が待ち受けていて
すべてはそこで
ガーッと分離される
この世の汚れとか
染みとか
どんな人生の
苦労も
記憶も
超高速回転で機械的に
ガーッと分離される
液体と固体とに

で、台風型の
遠心分離機には撒水《さっすい》機能もあって
液体は溜まると散布される
それが雨、というわけ
分離された魂の真水

(固体は小さく丸めて丸薬に
苦味はあるが
声が良くなると神々に評判)

メイドインメイドの遠心分離機
の精度に疑いはないが
それでも分離しきれなかった思いの

（思い出の）
残り香みたいなものがあって
だからぼくら雨の日には
知らず知らずにそれを嗅いで
物思いに耽ったりするのかもしれない
曖昧に甘く
とろとろとろけしながら
とりとめもなく
こんな風に

屋上の白い鳥

境川のほとり
わくわくプラザ町田の屋上に
白鷺が何十羽もとまっているのを
小田急線の窓から見つけた
その名のとおり
神奈川と東京の境を流れる川のほとり
ぽつんと建つ小さなビルの屋上に
あんなにもたくさんの白鷺がとまって
あたりをぼんやり眺めている
さしてわくわくした様子もなしに

ふいに思い出したのは
一週間前に亡くなった親しい友のこと
五歳も年下なのに
突然、クモ膜下の網に絡め取られて逝った男が
何食わぬ顔で鳥になって
群れに混じっているように思えたのだ

本多愛也享年五十二、二〇一五年十月二十八日没

パントマイムの芸人だった彼の舞台は
壁やロープやボールをはじめ
そこに無いはずのものをありありと見せ
老若男女あるいは動、植、鉱物、地球外生物

なりたいものにはなんにでもなれた
人類と火星人との二十億光年に亘る孤独を*
パントマイムで表した男だ
むろん鳥など朝飯前

誰にも真似できないシャープな体の切れに加えて
ユーモアとペーソスとポエジーの味つけ
舞台を降りれば
無口ではにかみ屋なのに下ネタが大好きで
ステージのオンでもオフでも
人をわくわくさせた愛すべき男を
わくわくブラザー本多
と呼んでみたい今の思いつきも
笑うに笑えない

わくわくプラザ町田の屋上で
真白い羽根に包まれた残像のパントマイマーが
越えてしまった境の川向こうを
ぼんやりと眺めている
そこは地球と火星ほどの距離なのかどうか
電車は間もなく駅に着くが
光陰矢の如く回る星の上で
ぼくはなんだか
空《から》の鳥籠になった気がした

＊　谷川俊太郎「二十億光年の孤独」

埋葬

机に頬杖ついて
さっきから窓の外を眺めている
薄曇りの空
なにひとつ動かない
なにひとつ
あ、動いた
鳥だ

死んだ
と電話があったのは一昨日の夜

十四年飼っていたセキセイインコが
ついさっき死んだという知らせを
旅先で受けた
泣きながらそのことだけを告げて
電話を切った妻が可愛がっていた鳥で
もう長くはないかもしれないと
このところ話していたのだ
昨夜遅く帰宅して
どうした?
と聞くと
ベランダの鉢植えに埋めたという
五、六年前
やはり死んだインコを埋めたのと同じ鉢で
掘り返してみたら跡形もなく
ただ金色の粒があったそうだ
—死ぬとみんなキラキラの粒になるのね

と妻は小さく笑った

あの奥にもキラキラの粒が埋もれている
そんな気がして
薄曇りの空を
頬杖ついて眺めなおした

連鎖

妻は家で
近所の子供らにピアノを教えているのだが
今日来た幼稚園年中組の女の子が
胸が痛いと言い出したという
どこかでぶつけたか
幼稚園で喧嘩でもしたのかと聞いてみても
首を横に振り
痛くて仕方ないから冷やしてほしいと訴えるので
氷嚢で冷やしてみたはいいが
こうなるともうピアノのレッスンは出来ず
お絵かきをさせながら

ぽつりぽつり話を聞いていると

「家を出てくってお母さんが言うの
家を出てくってお母さんはすぐに言うの
だからわたしは出てかないでって
いつも怒ってるの」

それを聞いた妻も胸が痛くなってしまって
息子が小さいとき夫婦喧嘩を始終していて
その度に家を出て行くと言っていたから
あの頃に戻れるものなら戻って謝りたい
とぽつりぽつり言うので
ぼくの胸こそ
本当に痛くなってしまった

撃つ

洞穴の横の
小さな家に住んでいた詩人は
ひねもすなすところもなく日が暮れると
洞穴に向かって
空気銃を撃ったという

ぽっかりと空いた闇に向かって
ひたすら引き金を引く詩人が撃っていたのは
かつて「汚れつちまつた」とうたったもの*
だったかもしれないが

今はさらに擦り切れっちまって
息も絶え絶えになっちまったものを
撃って撃って
嗚咽のような銃声だけが
虚しく空洞に反響しても
撃ちまくる

絶望とか
虚無とかではもう名づけ得ぬ名辞以前の
悲しみを
愛するものが死んだ時には
撃たなきゃなりません

晩年

と言っても三十の秋で亡くなる年の
春の銃声

＊　中原中也「汚れつちまつた悲しみに……」、他にも中也の声を響かせて

帽子の下の顔——「蛙の死」を巡って

　帽子の下に顔がある。
と言われても思い浮かぶ顔はない
むしろ帽子の下に強調されるのは
のっぺらぼうの顔無しの顔だ

萩原朔太郎の「蛙の死」は謎深い

　蛙が殺された、
　子供がまるくなつて手をあげた、

みんないつしよに、
かわゆらしい、
血だらけの手をあげた、
月が出た、
丘の上に人が立つてゐる。
帽子の下に顔がある。

全八行の短い詩
殺された蛙がいる
丸く囲んで四、五人だろうか
子供らがかわゆらしい
血だらけの万歳の手をあげている
そういう一つの絵《イメージ》が提示される

やがて月が出る
子供らは去り
蛙の死骸は残って
丘の上にはおそらく男だろう
ひとりの人物が立っている
帽子を被って
帽子の下に顔は…、　ない！
これが二つ目の絵

二つを見比べるように詩に向かいながら
謎は一点に集約される
丘の上の人物、はたして何者か？
「帽子の下に顔がある」と断言しながら
作者が描かなかった顔を
ぼくらは探さなくてはならない

謎は仕掛けられたのだ

男と月と死んだ蛙
ここでぼくらは別の詩を思い出す
男と月と病んだ犬

ああ、どこまでも、どこまでも、
この見もしらぬ犬が私のあとをついてくる、
きたならしい地べたを這ひまはつて、
わたしの背後《うしろ》で後足をひきずつてゐる病気の犬だ、
とほく、ながく、かなしげにおびえながら、
さびしい空の月に向つて遠白く吠えるふしあはせの犬のかげだ。*

ここでの犬はもちろん
朔太郎
行く手の月に照らし出されて
「わたし」こと朔太郎の魂が
ふしあわせな犬の形に影を曳いた
そう思ってもう一度、丘の上の男を見ると
おや、なんと！
帽子の下に顔があるではないか！

世間／世界は残酷だ
時に子供のような無邪気さで
輪になって血を弄ぶ
それがか弱い蛙だという
ただそれだけで
それが感じやすい魂だという

ただそれだけで
月影に亡霊のように浮かび上がった男の
帽子の下の顔は
ぶざまにひっくり返った蛙の腹に
—月に照りかえる蛙の青白い腹に
非力な己の魂を発見した朔太郎
宿命に怯えて目を見張る朔太郎の顔だ！

男はやがて丘を降り
あてどなく歩き始めるだろう
行く手にはさびしい月があり
背後には遠白く吠える犬がついてくる
帽子の男をもう一度見れば…

帽子の下に顔があらはれ、
さみしい病人の顔があらはれ。
顔、顔、顔があらはれ。

＊

萩原朔太郎「見知らぬ犬」、他にも朔太郎の声を響かせて

コトコトン

夢のなかに
電車の音がした
コトコトン
口ずさむような
旧式の小さなやつらしい
どこから聞こえてくるのか
眠りながらも耳を澄ませば
心臓だ
間違いなく心臓が
コトコトン
電車のように鳴っている

どこに運ばれてゆくのか
それにしてもなぜ
心臓がこんなにも電車なのか
コトコトンコトコトン
このまま連れ去られてどこまでもどこまでも
行くなら行けッ
と目を開けると

朝だった

夜半の雨

朝から持ちこたえていた雨が
夜半になって激しく降り出した
もうこれ以上は耐えられない
と泣き崩れたように

なにがそんなにつらかったのか
空の苦悩を想像する
空はきっと
自分のことで泣いてるんじゃない

とすれば
思い当たるのは…

それにしても大泣きだ
号泣と言っていい
もしかしたら?
と、泣かしたかもしれない張本人は
少しむずむずしながら布団の中にいる
つまらないわがままで
女を激しく
泣かしてしまった夜のように

明日は
けろっと晴れた笑顔が

見たい
な

泡玉

パチン
と目が覚めた
たしかに
弾けるものがあったんだナ
覚めるまぎわに

夜をただよい
朝を越えられずに
こわれて消えたもの

風、風、吹くな

もう思い出せないけど
今朝はいつもより丁寧に
顔を洗おうか
水に親しむことで蘇ってくるものが
あるかもしれない

空見るペンギン

窓を開けると
ペンギンの子が空を見ていた

それは原寸大の
プラスチック製の置物で
(中に電球が仕込める仕掛け)
もうかれこれ二十年も前に青空骨董市で買ってきて
机の前の
窓外の手摺りに置いていたのだ
あれからの春夏秋冬ひねもすよもすがら
晴れても降っても曇っても

このとぼけたようなペンギンの子は
黄色いクチバシを斜め三十五度上方に向けて
ずっと空を見てきたわけだ

そう言や南極の写真でも動物園でも
ペンギンはよく空を見ていたような気がするが
何故？　と問うたら何と答えるだろうか
「かつて飛んでた空だから」
なんて答えるかもしれないが
では、プラスティック・ペンギンの子なら如何に？

「中にぽっかり空いたものと
同じものがそこにあるから
ほら、見てよ
あそこを流れてゆく、あの素敵な雲！」
うん、その気持ちならよく分かる

と、ぼくも斜め三十五度上空に
まだまだ黄色いクチバシを向けた

長梅雨

今日もまた
靄《もや》った空から
細かな雨が降っている
すべてが靄って
輪郭のはっきりしない
この世と
あの世の
あわいに漂っているような天気で
賢治やら
百閒やらが
死後の世界を想って書いたものを

思い出しそうになるけど
今、思い出したのは
あれだな
三十年も前の話だ

「いつも雨が降ってんだ」
と、彼女の父親は言ったという
「ほら、俺はあんまりいいことをしてこなかったから
ここはいつも雨が降ってんだ」
霊媒師の口を借りて、彼女の父親は言ったという

「父は生前、小さな組の親分だったんだけど
地元からも警察からもそれなりに愛されてたのね
がさ入れの情報とか事前に教えてくれるわけ

中学の時、学校に行こうとしたら鞄がやけに重くて
教室で開けたら、チャカが入っててね
中学生の娘の鞄に拳銃隠すなってのよ、ったく」
と、彼女は笑った
「持ち物検査がなくてホントよかった」

「お前、この前、ビール飲みたくなったろ?」
と、娘にしか分からない父の口調で、霊媒師は続けたという
「わたしビールは大の苦手なのに
おかしいなと思いながら
でもどうしても飲みたくなって飲んだのよ」
「ありゃ俺だ
どうしても飲みたくなって、お前のカラダ借りた
悪りい」
「って父が言うの

娘のカラダ借りるなってのよ、ったく」
と、彼女は笑った
「しかも若いむすめのからだよ」

霽った空から
雨は細かく降っている
あの子の父親は
ずっとこういうところにいて
ったく、なんて屈託なく笑われながら
今も愛され続けているんだな、きっと

三十年も前に
傘の中で聞いた話だ

シーラカンス、あるいは

シーラカンスになりたい夜
てのがあってだな
そんな夜は
深い海の底で
厚いウロコに覆われて
—時間なんて知らぬ存ぜぬ我関せず
ゆっくりエラ呼吸している魚
になりたい

すって　はいて

すって　はいて

エラ呼吸はできないけど
せめて深呼吸ぐらいはしながら
今日の出来事も
明日の予定も
なるべくなんにも考えずに

すって　はいて
すって　はいて

夜の底に深く沈んで
千万年も億万年も昔からの

生きた化石になったつもりで

すって　はいて
すって　はいて

ぼくを眠らせ、ぼくの化石にマリンスノーふりつむ。*

* 三好達治「雪」の声を響かせて

ぼくの蝙蝠傘

一本の蝙蝠傘について話したい
しっかりクラシックな黒布が張ってあり
持ち手もプラスチックではなく天然竹
傘の中の傘

ヨッ、蝙蝠傘！
と声を掛けたくなるような
ぼくの蝙蝠傘
ところが出番があまりない

雨があまり降らないし
降ったところで軟弱な雨
そんな雨にはビニール傘で十分だ
朝からずっと降り続け

夜までしっかり降っている
に違いない律儀で実直な雨
風はなく
十分な雨量と重厚な雨音の雨

こそが蝙蝠傘に似つかわしい
そんなある日
ついに降ったのだ、雨の中の雨が

ぼくは意気揚々とミスター蝙蝠傘を広げて

晴れ晴れとした気分で
（というのもおかしいけれど）
雨の中に出掛けた
までは良かったのだ、が

見込み違いで
雨は夕方には上がってしまった
そしてお定まりに
電車の中に置き忘れた

気づいた時のショックを想像してほしい

目の前でふいに蝙蝠傘を開かれたような
後ろから蝙蝠傘ではたかれたような
心臓を蝙蝠傘で貫かれたような…

気落ちしたまま翌日
駄目元で鉄道会社に電話したところ
奇跡と呼んでいいだろう
天から降りてきたパラシュートの如く

蝙蝠傘はぼくの手に戻ってきた
あれからいよいよ出番はなくなった
またなくしては大変
と思いながら真打ちの出番を控えているうち

最近気づいたのだが
雨の夜など、なにやら玄関の方から
黒い気配がしてくることがある
もしかしたらあの蝙蝠傘が

玄関脇の暗い洞窟で
蝙蝠の中の蝙蝠!
と化しているのかもしれない
が、あれはぼくの蝙蝠、と呼べるかどうか

蟬と台風

注意報も出ている台風接近の大雨の最中《さなか》
出歩いていて
おや？
と思った
ちょっとした違和感

立ち止まってすぐに分かった
蟬が鳴いている
一匹だけ
ざんざ降る雨に負けじと

油蟬だ

何年もを土中で過ごし
やっと地上に出た貴重な一日が
―あるいは最後の一日か
台風とぶつかった
この土砂降りの中
飛んでくる雌などいるはずもないのに
それでも叫ばずにはいられない

ジージー（俺はここにいるぞ！）
ジージー（気づいてくれ！）
ジージージー（子孫を残そう！）

この激しい雨に男一匹
命投げ出し殴り込みのダンディズム
ヤワな野郎は黙っていやがれ
女殺油蟬《おんなころしあぶらのせみ》 地獄！

傘を投げ出し男一匹！
オイラも人類の雌に向かって
叫びたくなったのだ

ジージー（俺はここにいるぞ！）
ジージー（気づいてくれ！）
ジージージー（まだじじいじゃないぜ！）

因果

——前世なんて信じますか？
と、Ｉさんが言った
——信じるかどうかは…、でも話としては
——そう
——ええ
——……
——で？
——え？
——いや、ぼくの前世
——ああ、聞きたいですか？
——そりゃまあ

——ミコですよ
——え
——巫女

輿に乗れば
前世だとか守護霊だとかを語る住職のIさんに言われて
その時はそんなものかと、だが唐突に閃光のように
思い出したのだ今
巫女だったわたしを

高みから遥かを見遣り
風に吹かれて
それはなにかを
祈るでもなく占うでもなく

颪を
颪に似たなにかを
ただ通過させるための空洞を開き
そのなにかが
ささやく言葉
歌う歌を聴いている

今もまた颪に吹かれて
颪のなかに
—因果ですな
Iさんの笑い声が聞こえた

つれづれのながめ

雨が、降るぞえ、と口ずさんで*
はて何だったか、と思う間もなく
そうか、中也だ
晩年の中也が
病棟で
雨の夜をうたったもの
わが心にも雨がふる、と続けて
そう、これはヴェルレーヌ氏ことヴェルレーヌ
巷に雨の降るごとく、だ

毎日毎日
しょぼしょぼしょぼしょぼ
よく降るよく降る
これじゃ心もしょぼくれて
しょぼくれついでに途方にも暮れ
くれぐれもみなさんによろしくなんて
つれづれに思い出すのは
しばらくご無沙汰のあの顔この顔
今頃どうしていることやら？

雨が、降るぞえ、雨が、降る
わが心にも雨が降る…
つれづれのながめに
この世の顔やらあの世の顔やら
みなさんの顔も滲《にじ》んで

＊　中原中也「雨が降るぞえ―病棟挽歌」、他にも中也の声を響かせて

トロイメライ

曇りガラスの窓を開けても
どこまでも曇りが続く
花曇りの空だ
燕も飛んでいる
おや、ピアノの音が？
上の方から？
ここは十四階建てマンションの
十四階だというのに

あれはトロイメライ

地上で誰かが弾く音が
雲に反響してるのだろうか
だがぼくの想像は
思わぬところへ向かって行った

ＵＦＯ、と思う
あの曇り空の雲の上に
銀色のＵＦＯが浮かんで
どんな気まぐれなのか
外にピアノを持ち出して弾いている
船上の
雲上の
ピアノコンサート
燕尾服姿のエイリアン
のシューマン

雲からの曲を聴くうち
それが彼らの狙いかどうか
ぼくはぼんやり
吸い取られていった

木の葉がくれ

木枯らしに
今日は木の葉が渦巻いて
木の葉がくれ
なんて忍法を思い出す
中学の頃
夢中で読んだマンガにあった忍法だ
颪に木の葉を渦巻かせて
中に忍者は消えてしまう
後には
ハラハラと木の葉が舞い落ちて

夢は枯野をかけ廻る
という句に出会ったのも同じ頃だ
教科書で見て
すぐに忍法を思い浮かべた
夢が枯れ葉のように渦巻いて
やがて中に搔き消えてゆくのは
旅に病んだ人
後には
ハラハラと夢が舞い落ちて

木枯らしに
今日は記憶も渦巻いて
ハラハラと舞い落ちてきたものは
髪の毛
だったりして

刻一刻

光の窓
と思いながら目が覚めた
差し込んだ西日が
壁に小さく
四角い窓をつくっている
のが、ぼんやりとした意識に
映っていた
うつらうつら
軽く昼寝をするつもりが
ずいぶん寝込んでしまったんだナ
枕に沈んだ物憂い頭で

あの窓を開けてみたい
と思いながらも
どちらが窓の内か
外か？
刻一刻
薄れてゆく窓は
もう覗くことすらできやしない
窓の外を
中を？
と思いながらも
身じろぐのも物憂く
また
うつらうつら

生きている間に

こんなとぼけたような夕刻の
刻一刻もあったのだ

バースデー・マッサージ

旅先で誕生日を迎えて
凝ったからだをほぐそうと
俯せになって背中を揉まれているうち
五十八年前の
生まれたときのことを思い出し（そうになっ）た

もちろん
思い出したわけでも思い出せるわけでもなく
背中から記憶を揉み出されて
思い出し（そうになっ）たのだ

ベッドに空いた丸い穴に顔を押しつけ
全身が押し出されてゆく感覚は
五十八年前、わけのわからないままに
この世というところに押し出されてきた感覚に通じて
あれから何があったのか
なんやかやあったはずだが
なにもなかったような気もして…

五十八年前のように
抱きしめてくれる人はいなかったが
なんだか生まれたての
ポカンとした顔つきで外へ出ると
旅先だった

あとがき

『魂踏み』と『あめだま』の二冊を同時に出すことにした。

二〇〇九年に第一詩集『曇りの日』を上梓してから、気づけば詩を書かない日々が続いていたが、一三年初頭から再び書き始めた。痛いほどの渇きを覚えたからだ。井戸を掘るような作業を続けてこられたのは、詩誌「び－ぐる」の励ましのおかげである。心から感謝申し上げたい。

『魂踏み』には夕陽や魂を巡る詩を多く集めた。『あめだま』は実生活に材をもとめたものが中心になっている。計七一篇で両詩集を編んだ。

今回も（いや、今回は更に）書肆山田の鈴木一民さんと大泉史世さんのお世話になった。感謝してもし尽くせない。

校正を担当してくださった方にも。さらに装幀に絵を使わせていただいた故・三嶋典東氏と奥様にも。ありがとうございました。

詩を書くことは日々を生き抜くことだという思いを深くするこの頃である。

二〇一六年の夏も暮れて　　能祖將夫

能祖將夫（のうそ・まさお）

一九五八年、愛媛県新居浜市生まれ。
二〇〇九年、第一詩集『曇りの日』（書肆山田）。
二〇一五年、第四回びーぐるの新人。
神奈川県相模原市在住。

あめだま＊著者能祖將夫＊発行二〇一六年一〇月七日初版第一刷＊装画三嶋典東＊発行者鈴木一民発行所書肆山田東京都豊島区南池袋二—八—五—三〇一電話〇三‐三九八八‐七四六七＊装幀亜令＊組版中島浩印刷精密印刷ターゲット石塚印刷製本日進堂製本＊ＩＳＢＮ九七八‐四‐八七九九五‐九四四‐七